소중한 _____ 님께

한 편의 시가 반짝이는 보석처럼 소중한
인생의 길잡이가 되기를 바랍니다

_____ 드림

내가 사랑하는 것들은
왜
빨리 사라질까

내가 사랑하는 것들은
왜 빨리 사라질까

초판 1쇄 인쇄 | 2018년 4월 30일
초판 1쇄 발행 | 2018년 5월 4일

지은이 | 김영상
펴낸이 | 박영욱
펴낸곳 | (주)북오션

편 집 | 허현자
마케팅 | 최석진
디자인 | 서정희 · 민영선

주 소 | 서울시 마포구 월드컵로 14길 62
이메일 | bookrose@naver.com
네이버포스트 : m.post.naver.com ('북오션' 검색)
전 화 | 편집문의: 02-325-9172   영업문의: 02-322-6709
팩 스 | 02-3143-3964

출판신고번호 | 제313-2007-000197호

ISBN 978-89-6799-364-1 (03810)

이 도서의 국립중앙도서관 출판예정도서목록(CIP)은 서지정보유통지원시스템
홈페이지(http://seoji.nl.go.kr)와 국가자료공동목록시스템
(http://www.nl.go.kr/kolisnet)에서 이용하실 수 있습니다.
(CIP제어번호: CIP2018011339)

내가 사랑하는 것들은
왜
빨리 사라질까

김영상 시집

북오션

부끄럽지만, 살짝 고백하자면…

나 시집 내려고 해.

아내한테 운을 떼자 뜨악한 표정이다.

당신이 시를 쓴다고? 시는 엄청 내공이 필요할텐데…. 삶의 고뇌,
성찰도 담아야 하고, 그냥 막 쓰는 게 아닌 것 같은데.

책을 몇 권 내긴 했지만 남편이 시를 쓴다는 것을 상상해 봤다거
나 평소 시인스러운(?) 내면을 한군데라도 발견한 기억도 없기에 망
신이라도 당할까 걱정되는 모양이다.

아내 반응이 절대 섭섭하지 않다.

당신 말이 맞아. 내가 시 쓰는 것 좀 우습지. 나도 그렇게 생각해.

사실 시집을 낸다는 것을 깊게 생각해본 적은 없다. 하루하루 거칠게 사는 인생, 정제되지 못한 인생을 사는 내가 감히 시집을 어떻게 낸단 말인가. 시는 고결한 감성을 갖춘 이들의 영역이라고 생각해왔다. 게다가 시를 공부한 적도 없다. 섬세한 인생철학을 정비한 시인의 삶, 근처에도 가본 적 없다.

그러니 아내의 반응 행간에서 보여지듯이 내가 시집을 낸다는 것은 굉장히 무모한 일일지도 모른다. 부끄러운 일일 것이다. 맞다. 아내에게 쿨하게 인정했다.

그럼에도 시집을 내는 것은 약간 다른 생각이 있어서다. (매우 건방진 말이겠지만) 평소 나는 시란 자기 생각을 자연스럽게 옮기는 것으로 여겨왔다. 시에 꼭 은유(메타포)와 비유, 상징 그리고 리듬이 있어야 한다고는 생각지 않았다. 목적지를 정하고 여행할 수 있지만, 그냥 발길 닿는 대로 가는 것도 여행이듯이 손끝 움직이는 대로 일상을 글로 채우는 것, 이것도 시일 수 있다고 믿었다.

그런 생각으로 젊은 시절부터 틈틈이 끄적였던 것을 모아 보았다. 하도 투박하고 허점 많고 철학도 짧아 시(詩)라고 할 수 없다는 것을 안다. 시인이 이 책을 본다면 조금 불쾌할 수 있을 것이다. 책을 내던질 수도 있겠다 싶다. 시도 아닌 것을 시로 표방했으니 말이다.

그래서 감히 시집이라는 말은 아예 접는다. 대신 생활시집으로 이름을 붙였다. 생활 속에서 일어난 것, 평소 생각해 오던 것, 젊은 날의 객기에 대한 반성, 나이 들면서 느끼는 삶의 단상을 수필처럼 적고 그것을 시 형식을 빌어 구성했기에 생활시집이라고 스스로 규정했다.

한 가지 고백하자면 이 책은 내 자화상이기도 하다. 어린 시절부터 지금까지의 내 삶과 거기서 느꼈던 단상들을 담았으니 그렇다.

삶에 대한 반성, 추억, 기억, 사랑, 후회 등이 주요 글감이다. 할머니 할아버지, 아버지에 대한 그리움과 어머니, 주변 사람들에 대한 정을 많이 담았다.

빛나는 문장과 단어, 삶의 정의를 관통하는 철학은 나로선 역부족이다. 앞서 말했듯이 은유와 비유, 상징과 같은 고급 시적 요소를 다룰 재주도 전혀 없다. 그러니 시를 좀 안다는 분이라면 (이 책을 혹시 접한다 해도) 한 장도 넘기지 마시라고 말씀 드린다. '어중이떠중이

다시 쓴다'고 거북해 하실 수 있다.

　다만 어린 시절 촌에서의 추억, 옛 어른들에 대한 그리움, 일상에서의 후회와 반성, 어설픈 사랑에 대한 아쉬움, 부끄러운 기억, 서글픈 지난날의 꿈 등을 기억하고 있는 분이라면 70여 편의 글 중 한두 개는 공감할 수 있을 것으로 믿는다. 그것으로 족한다. 나의 딸 유설과 조카 유립이 훗날 읽어주면 그것으로 충분하다.

　책의 중간중간에 내 친구 송양용의 작품을 넣었다. 일도 열심히 하면서 뒤늦게 사진에 푹 빠져 사진작가로서도 왕성하게 활동하고 있다. 선뜻 훌륭한 사진을 쓸 수 있게 내줘서 고맙다.

2018년 4월 어느날

김영상

차 례

머리말

1부 인생, 살다보면 느끼는 것들

화려하지만, 고통스러웠던 젊은 날
싱싱하지만, 기다림으로 목말랐던 젊은 날

송양용 ⓒ

1부 ⋯ 인생

살다보면 느끼는 것들

목련

목련이 활짝 피었다
고생 많았다
봄을 앞당기느라
혹독한 추위의 긴 긴 겨울
참고 또 참았다
수분 한톨 몸으로 칭칭 안으며
어금니를 깨물며 숱한 겨울밤을 버텼다

봄이면 활짝 웃으리라
이 한가지만으로 인고의 세월을 견뎠다
너의 숙명은 기다림이다
봄을 알아차리는 비상한 능력도 어찌보면 운명이다
잎보다 먼저 머리를 내민 눈부신 흰분홍꽃
조급함은 아니다
책임감이다
신이 봄의 전령사로 임명한 것은 이유가 있다

목련꽃은 화려하지만 영광은 짧다

화장을 하고 한껏 멋을 내는 것은 보름 남짓

허무하다

혹독한 겨울을 고통으로 견딘 날들이 너무 아까워서일까

목련 잎이 낱장으로 바람에 흩날린다

꽃말 고귀함

아무렇게나 꽃을 버리지는 않는다

봄날
목련꽃을 빼곡히 가슴에 담는다
누군가 그랬지
하얀 목련이 필 때면 생각나는 사람

화려하지만, 고통스러웠던 젊은 날
싱싱하지만, 기다림으로 목말랐던 젊은 날

목련이
갑자기
몸을 떤다

도깨비 인생

사람 몰골이 아녔어

피범벅이 돼서 돌아온 거야

집앞 싸리문 앞에 쓰러져 있었어

돌아가신 줄 알았어

온몸은 상처투성이고, 안 긁힌 곳이 없었어

이마가 펄펄 끓고 며칠을 끙끙 앓았어

요즘 말로 의사가 있나

그냥 잠 깨기만 기다렸지

며칠 뒤 정신 차리더니, 자꾸 헛소리를 하시는 거야

도깨비랑 하루종일 싸웠대

강촌 앞 돌무덤가를 지나치는데

도깨비가 히죽히죽 웃더래

냅다 주먹을 날렸는데

어찌나 재빠르던지 계속 두들겨 맞았대

이러다 죽겠다 싶어

도깨비를 안고 한참을 굴렀대

가까스로 정신을 차리고 도망을 쳤다네

어머니가 언젠가 들려주신 할아버지 이야기
고주망태 당신이 부끄러워 지어내신 거지
그렇게 그 날 일을 못박는다

어머니
도깨비는 있어요
누가 할아버지 손자 아니라고
저도 도깨비 가끔 만나는 걸요

우리 어머니

대전 중앙시장
넓어야 다섯 평 남짓 골목 식당
우리 어머니 식당

김치찌개 순두부백반 동태탕 제육볶음 청국장
설렁탕 순댓국 돼지껍데기
셀 수 없는 메뉴
셀 수 없는 반찬
그리고 셀 수 없는 설거지

한 가지 메뉴로 하면 고생 덜하실텐데
서울에선 그래요
설렁탕 하나에 깍두기 배추김치 하나
그냥 그래요
그래도 잘 팔려요
고생하는 게 안쓰러워

내놓은 말

야야, 모르는 소리 말아라
김치찌개 먹고 싶은 손님도 있고
동태탕 먹고 싶은 손님도 있고
청국장 먹고 싶은 손님도 있는겨
손님 입맛대로 해줘야제
돈이 최고가 아니여
편한 게 최고가 아니여
내 손님은 내가 알아서 할 것인게
함바집 여기저기 돌아다니다
내 식당 하면 그것으로 된겨
그러면 좋은겨

마침 노숙자 하나 들어온다
막걸리 한 사발 따라 김치 몇 조각 내놓는다

모자라면 한잔 더 줄게 얘기해
편하게 먹고 그냥 가
노숙자가 한사발 들이키곤
총총 사라진다

이게 좋은겨
먹고 살만하면 되는겨

내 얼굴이
부끄러워
벌겋게 달아오른다

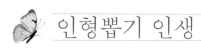

동전투입구 지폐투입구
그 아래 플라스틱 손잡이 상 하 좌
그리고 크레디트(Credit) 타임(Time)

인형뽑기 기계 앞에 선다
열 손가락을 쥐었다 폈다
심호흡을 한다

고무 손잡이를 잡고
이리저리 각도를 잰다
섬세하지 못하면 소용 없다
앞으로
옆으로
오른쪽으로
왼쪽으로
집게 조준은 끝났다

집게가 내려간다
라바 피카츄 보노보노 코코몽 곰돌이 푸
인형들이 집게를 쳐다본다
숨막히는 공간이 싫어요
나를 데려가세요

집게는 그러나 힘이 없다
인형 하나를 집는가 하더니 금세 떨어뜨린다
동전을 넣고
또 한번, 다시 한번
마찬가지다
인형은 실망한다
바깥 세상에 나올 꿈을 점점 접는다

우리는 어쩌면 인형뽑기 기계 속 인형

겨울

겨울, 참 길다
겨울, 고놈 참 길다
가을을 삼키고
봄을 오지말라 경계하면서
질기게도 버틴다

겨울은 떼쟁이인가 보다
욕심쟁이인가 보다
온세상을 희게만 물들이고
따뜻한 바람
강한 햇볕을
온몸으로 거부한다

그래도 좋다
떼쟁이라도, 욕심쟁이라도 좋다
인내가 있고 고독이 있고 애수가 있는 겨울이라면

고놈 참 좋다

겨울이 슬프다는 것은
거짓이다
겨울이어서 슬픈 것이 아니고,
가슴을 꽉꽉 닫고만 있어 슬픈 것이다
가슴을 여는 겨울이라면
고놈 참 좋다

송양용©

내가 사랑하는 것은

사랑하는 것은 자꾸만 없어진다

동네 족발집

포차 분위기의 미니족발집

허름해 보이지만 쫄깃쫄깃한 맛이 기막히다

유명 맛집 안 부럽다

족발마니아에겐 소문이 날 대로 났다

하루 스무 개만 삶기에 늦게 가면 빈손으로 돌아서기 일쑤다

일명 애기족발

몇 년간 8000원이었는데

주인 아주머니께서 수지타산이 맞지 않는다고

얼마 전 1만 원으로 올렸다

그래도 족발에 소주 한 병 합쳐 1만1450원

일주일에 한 두번

1만1450원의 행복을 느끼곤 했다

단 만 원 돈으로 어디서 이런 만족을 얻는단 말인가

어제도 그 행복을 맛보기 위해 족발집으로 달려갔다
근데, 어라
족발집 문이 닫혔고 공사중이라는 팻말이 달려 있다
거기 문 닫았어요
공인중개사 들어온대요
문앞에서 서성거리자 옆 빵집 아저씨가 귀띔해준다
허탈하게 웃는
맞은 편 시야엔
하늘로 쭉쭉 뻗어가는 재건축 아파트가 눈에 들어온다
아, 또 어디서 만 원의 행복을 찾는단 말인가

회사 근처 복집
할머니 할아버지가 운영하는 집인데, 국물이 구수하다
굳이 예약할 필요가 없다
아는 사람만 가는 곳이다
점심에도 한두 테이블 손님밖에 없다

주인 내외는 별로 돈 욕심이 없단다
노느니 일하는 게 좋고, 손님들이 맛있게 드셔주니 좋아서
해요
그래서 편했다
엊그제 갔더니 문이 닫혀 있다
나이 먹을만큼 먹었으니 접을 때도 됐죠
장사도 옛날만큼 못하고
보름 전 할아버지 사장님의 말이 떠오른다

새로 찾은 낙지집
전통이 있는 곳이다
수십 년 전 닭과 낙지, 전복이 어울린 해신탕을 개발했다고
자부심이 대단한 곳이었다
단골손님이 됐다
며칠 전 갔더니 이달을 끝으로 문을 닫는단다
동네서 30년 장사했는데 옛날보다 못하고

무엇보다 바깥주인이 아프시단다
어디로 다시 가야 하나
세상이 작당했나
내가 사랑하는 것은 점점 빨리 사라진다

뽕나무 아래서

뽕나무 아래서
하늘을 본다
고개를 완전히 젖힐 필요는 없다
뽕나무는 키가 작다
뽕잎이 너무 높이 있으면 따기 힘드니까
하늘로 오를 때마다 숱하게 가지치기 당한 세월
그 세월이 쌓이고 쌓여
어느날부터 난쟁이가 됐다

그렇다고 뽕나무는 화 내지 않는다
제 분수를 안다
뿌리는 상백피
열매는 오디
잎은 누에 밥
어디 하나 버릴 게 없다
벚꽃의 화사함은 일찌감치 포기했지만 속은 아름다움으로

꽉 찼다
기분 좋으면
허리에 둥지 튼 상황버섯
껴안아 준다

오디를 먹으면 방귀를 뿡뿡 뀐다해 뽕나무라 했던가
뽕나무는 약하디 약하다
천둥과 벼락, 이슬과 태양, 눈과 비
숱한 밤을 무서움에 떨었을 게다
강제로 작아진 몸으로
하늘을 가릴 수 없어 더 어둠을 느끼면서도
슬픔을 드러내지 않는다

뽕나무 아래서
하늘을 본다
조각구름 하나 뽕잎에 걸려 있다

모과청

못났다고 설움 된통 당했다

얼굴엔 기름기 덕지덕지

생김새는 울퉁불퉁 꼬질꼬질

성질머리도 고약하다

화가 났다 싶으면

냅다 열매를 떨어뜨려 사람 놀래킨다

고분고분함은 절대로 모른다

모난 성격에도 향이 좋다

몸 전체에 향기를 발랐다

못생겼다고, 만지기 더럽다고

외면받은 날들을 참으며 오로지 향을 쌓아왔다

모과는 칭찬에 약하다

머리를 쓰다듬어주면 몸 전부를 내준다

추운 겨울 오후

모과청을 만든다

맨처음 할 일은 모과 과거를 지우는 일이다
소금물에 한참 담갔다가 박박 모과를 씻는다
날이 선 부엌칼로 4등분한다
모과는 본능적으로 저항한다
육신이 찢길 때 내뱉는 고통이
칼 끝에 전달된다
아픔을 같이 느끼며 무채같이 썬다
큰 유리병에 잘게 썬 모과를 가득 담고
그 위에 설탕을 대량 투입한다
꿀도 얹는다
모과는 부글부글 끓는다
못생겼다고 괄시 받던 생전의 기억
그 악몽을 떨치며 설탕과 꿀을 끌어안는다
며칠만 기다려라
설탕은 내 밑에 깔리고 꿀향은 온몸에 진동하리라

모과 인생 참 힘들었다
사람들은 모른다
왜 새벽 초가지붕에 쿵 하며 스스로 몸을 떨어뜨렸는지

외로워서 그랬다
얘기하고 싶었고 관심받고 싶었다
그때 몸은 노란 덩어리였다
이젠 샛노란 물로 변했다
설탕과 꿀이 있어
더 이상 외롭지 않다

모과는 더 이상 없다
내 새 이름은
모과청이다

봄비

앉아서도 천 리를 보는거
비릿한 흙냄새 나지
바람 냄새가 가지 끝에 걸려 축축하지
비가 오려는거
겨울 다 간겨
새벽 부엌 아궁이에 불을 지피다
부지깽이 하나 들고 철퍼덕 앉아
곰방대 연기를 연신 내뿜으며
할머니는 혼잣말을 하신다

징글징글 하다이
네 아비는 어제도 술에 쩌들었제
우리 손주는 술 먹지 마라
사람 속 시커멓게 타게 하지 마라
징글징글 한겨

그 말이 끝나기 무섭게
봄비가 한 방울 두 방울 떨어진다
초가지붕에 버티고 있던 눈
싸리문 끄트머리에 붙어있던 얼음조각
봄비 몇 방울에 세상 미련 접고 녹아 내린다

겨울 다 간겨
봄날 햇볕 좋을겨

그 옛날처럼 오늘 흙냄새가 비릿하다
바람이 가지 끝에 걸려있다

봄비 오면
할머니 무덤가에도 햇볕이 들겠지
할머니는 좋으시겠다

둥글둥글하게 사는겨

남자는 말여
배가 나오고 이마가 훤해야 하는겨
절대로 여자 때리면 안 되는겨

하루 해가 뜨고
아궁이 불이 지펴지고
부뚜막에 하얀 김이 모락모락 날 때
늘 귀에 박히는 할머니 말씀

그냥 둥글둥글하게 사는겨
하루 세 끼 먹고살면 되는겨

솥뚜껑을 열고 닫았다
닫았다 열었다
구시렁구시렁
할머니 아침은

매일 이렇게 혼잣말로 시작됐다
무슨 뜻인지 몰랐다
할머니 옆에서 장작 타들어가는 것을 구경하는 게 좋았다

사는 게 좋은거여
고마운 것에 무뎌지면 안 되는겨
모나게 살면 안 되는겨
아비처럼 술처먹고 흐느적 거리면 안 되는겨

하루가 간다
둥글게 살고는 있는지
매일 매일의 감사함에 무뎌진 것은 아닌지
할머니 생각이 간절한 날이다

장미

잎 하나 살짝 떼내
코에 대본다
알싸하다
다시 코 끝을 문지르면
바람과 함께 묻어온 풀잎냄새
울음을 겨우 참고 있는
붉은 장미

장미는 외롭다
화려하지만
가시가 있다고 수근대는 소리
아무도 어울려주지 않는다
원래 뽐내는 성질머리를 가진 게 장미라면
흔하디흔한 싸리문, 돌담 타고 가지를 뻗었겠는가
장미는 서럽지만 항변하지 않는다

연분홍 진달래
흰 찔레꽃
노란 금난초
새하얀 너도바람꽃
봄날 친구들과 손잡고 놀고 싶을 뿐

장미가 붉은 것은 고독해서다

외로움에 이골 난
장미꽃잎 하나하나 뜯는다
그리운 얼굴이 또박또박 새겨져 있다
그 이름을 불러본다
꽃잎 하나에 할머니

꽃잎 하나에 어머니

꽃잎 하나에 죽은 내 동생

함초롬한 꽃잎이 바람에 사르륵 흩뿌려진다

해물찜 인생

참 인연 얄궂다

모두들 다른데

어찌 이렇게 만나 어울렸을까

그러고보면 인연이란 오묘하다

낙지 오징어 가리비 꽃게 전복 새우 홍합 미더덕

콩나물 미나리 대파 청양고추 홍고추 양파 마늘 생강 들깨

연안에서 깊은 바다, 그리고 들 산 육지까지

어디 너희들 한번이라도 생전에 만나는 봤더냐

죽어서 몸으로 부딪치고 섞이면서 하나가 됐다

무채 콩 감자전 백김치

형제 많기도 많다

소주 한병을 시킨다

시래기 줄기 하나 잡고 한잔을 삼킨다

쓰지만 달콤하다

전작(前酌)이 없었는데도 한잔 술에 흥이 난다

해물찜 담긴 큰 접시가 나온다

왼손엔 집게, 오른손엔 가위를 잡는다
낙지를 자르고, 오징어를 절단내고, 꽃게 껍데기를 벗겨낸다
예술이 따로 없다
만물을 조화롭게 만드는 숭고한 일이다
두툼한 낙지 다리 하나 잡고 고추냉이 담긴 간장에 찍어
입 안으로 밀어넣는다
소주 한잔 동시에 털어넣는다
세상 시름 다 잊었다
새우 옷을 벗긴다
희멀건 새우몸통 하나에 또 한잔 들이킨다
꽃게 살 하나에 또 한잔
목구멍이 촉촉해질 무렵
술이 모자란다
아저씨, 소주 한 병 주세요

큰 접시 바닥이 보인다

밥 두 공기 볶아달라고 한다
콩나물과 양념을 두세 번 국자로 떠간다
참기름 윤기 생생한 볶음밥 등장
한잔, 또 한잔
콩나물 잔해와 국물만 남은 접시를 휘저으니
알토란같은 미더덕이 건져진다
한 잔, 또 한 잔
술이 모자란다
여기까지다
더 시키면 탐욕이다
부족하다 싶을 때 일어서는 것
절제 인생이 필요한 순간이다

터벅터벅 걷는 길
뱃속 가득 담긴 해물찜이 말을 건다
나를 잃어 남에게 배부름을 선사한 적 있는가

47

알지 못했던 이들과 어울리면서 남에게 행복을 준 적 있는가

그러고보니 내 욕심만 채워왔다
가야할 인생은
해물찜이다

지하철 풍경

말이 없다
눈을 똑바로 보는 이도 없다
어쩌다 눈이 마주치면
화들짝 놀라 시선을 거둬 들인다
너는 너의 길, 나는 나의 길
창밖 풍경은 진부해진 지 오래다

전부 고개를 처박고 있다
핸드폰에 빠져 있다
손가락을 까닥이며
카톡 문자를 날린다

침묵 또 침묵
무신경 또 무신경
고요 또 고요

시청 서울역 숙대 삼각지 신용산 이촌
지하철이 멈출 때마다 몇몇이 내리고 타지만
눈길 하나 주는 이 없다

누군가 쓰러져도 아무도 모르리
누군가 죽어나가도 아무도 모르리

우리는 진정 사람을 사랑한 적이 있는가

가시

중지 첫마디 안쪽에 가시 하나 박혔다
보이기라도 하면 손톱으로 뺄텐데
눈에 띄기라도 하면 이빨로 물어 뜯을텐데
아무리 쳐다봐도 가시는 안보인다
그런데 엄지 첫마디로 살살 문지르면 까칠까칠
생각외로 아프다
간지럽기도 하고
바늘로 콕콕 찌르는 것 같기도 하다

손톱깎이 통을 한참 찾았다
집게 하나 보인다
한 번 두 번 세 번………
열 아홉번 스무 번
간신히 가시를 빼냈다
속이 후련하다

살아오면서
이런 가시
남에게 수없이 박아왔겠지
보이지 않는다는 핑계로
외면하면서

미안합니다
내 젊은 날 객기로 방황으로
당신에게 씻을 수 없는 상처를 줬다면
정말 미안합니다
사랑이 서툴러
당신 가슴에 가시를 박았다면
정말 미안합니다
용서를 구합니다

허초희

왜 그러셨나요

왜 소인배 남편을 만나셨나요

당신의 재능을 몰라주는 김성립에 왜 정을 주셨나요

아 그렇죠

당신 잘못은 아니죠

사대부 집안에 태어난 게 죄죠

양천 허씨 집안 사람으로서 부모 뜻을 따라야 했죠

그게 천륜의 도리였죠

천재면 뭣합니까

8살 때 한시를 짓고 신동 소리를 들으면 뭣합니까

동생 허균보다 똑똑하다고

아버지 허엽으로부터 침이 마르도록 칭찬받으면 무슨 소용입니까

시를 쓰는 며느리를 용납하지 않는 시부모

벤댕이 소갈딱지 같은 남편

그래서 의지할 이 하나 없는 시댁살이

그보다는 자유로운 감성을 꼭꼭 숨겨야 하는 조선 여성의 운명에

그대는 좌절했지요
친정은 기울고
남편은 발걸음을 끊고
아이에 정을 뒀지만 두 아이마저 잃었을 때
그대는 통곡했지요
그때 이 시 구절을 썼지요
부용꽃 스물일곱 송이가 붉게 떨어지니

죽음을 예감하듯 그대 스물일곱에 세상을 등졌지요
조선 여성의 굴레를 그제야 벗었지요
속이 새카맣게 탄 채로 말이죠
천재로 태어나되, 천재로 살 수 없는 운명

감히, 당신을 보듬으려 합니다
내세가 있다면 만납시다
그대에게 날개를 보여드리렵니다

신기한 일

참 신기한 일일세
너무나도 생생한 꿈
잠에서 깨어나자마자 기록을 해뒀으니 진짜다
2018년 3월 7일
낮잠을 잤는데 꿈을 꿨다

YS(김영삼 전 대통령)를 만났다
인사를 드리러 집으로 찾아갔다
YS가 찾아온 사람들 앞에서 마이크를 잡고 있다
강의를 하는 듯 하다
병약한 노인이지만 얼굴은 단정하다
맨 앞에 서 있는데
YS가 말한다
어, 영상이 아니냐 어쩐 일이야
살갑게 아는 척을 한다
꿈 속에서 YS와 난 친한 사인가 보다

그냥 뵙고 싶어서 왔어요
평소 바쁘다는 핑계로 못뵈어서 죄송해요
그랬더니
반갑게 맞아준다
몇 마디 더 나눴는데
그건 기억이 나지 않는다

비가 한두 방울 떨어지고
마이크가 꺼지고
자리는 파했다

집안으로 따라가
부탁 말씀이 있다고 하니
방으로 안내한다

이불을 덮고 누우신다

건강하셔야죠
그러면서 사진 함께 찍어 주시면 간직하겠다고 하니
기꺼이 포즈를 취해준다
몇 컷 찍다가
잠에서 깨어났다

신기한 꿈이다
평소 안면도 없었는데
아, 만나긴 했다
몇 년전 프라자호텔 1층 로비에서 YS가 지나가고 있었다
아프다는 소문이 파다할 때였다
수행원 부축을 받고 있었다
다가갔다
수행원이 제지하려다 적의가 없는 일반 시민임을 알곤 길을 터준다
대통령님, 요즘 좋은 말씀 많이 해주시던데
건강하십시오

고개를 끄덕 끄덕 하신다
더 다가가
저도 YS입니다
내 눈을 응시한다
뭐라꼬
이런 표정이다
제 이름이 김영상입니다 영상
그러니 저도 YS입니다
고개를 또 끄덕 끄덕 하신다
이게 생전 인연이라면 인연이었다

그런데 오늘 꿈에서 만났다
대통령 꿈에 보면 대박이라고 하는데
당장 로또라도 살까
아무리 생각해도 신기할 따름이다

기분 좋은 날

와, 대박

다음은 거짓이 아닌 100% 진실입니다

오늘 W골프장에서 생긴 일입니다

후반 1번홀에서 드라이브를 날렸습니다

느낌이 좋았습니다

잘 맞았습니다

멀리서보니 페어웨이 한가운데 예쁘게 놓여있습니다

그런데 바로 옆에서 까마귀 한마리가 얼쩡거립니다

놀랄만한 일이 벌어졌습니다

까마귀가 공을 입에 문채 날기 시작했습니다

페어웨이에서 비상한 까마귀는 멀리 한쪽 높은 바위 위에 내려앉더니

공을 내려놓고 열심히 쪼았습니다

아마 알이라고 생각한 듯 합니다

PGA에서 새가 공을 물어가는 일이 가끔 있다는 말을 듣긴했지만

막상 제 공을 강탈(?) 당하니

세상에 이런 일이 있나 싶습니다
신기해서 멀리서나마 사진도 찍었습니다
에이, 이왕 물어가려면 홀컵에다가 갖다 넣어주지
파4 홀인원 대역사나 이루게
잠깐의 그 생각은 거두었습니다

이내 이런 생각이 듭니다
내가 사는 인생 중, 비겁한 것이 많은데
그것도 까마귀가 입에 물고 어디론가 옮겨줬으면 좋겠다고
상상만으로도 달콤한
기분 좋은 날이었습니다

회사가 이사를 왔다
용산 후암동으로
옛날 살던 후암동 빌라와 가깝다
그땐 젊었으나 가난했고 욕심이 있었다
그래서 후암동의 아름다움을 느끼지 못했다
요즘 후암동은 너무 예쁘다

볕이 따뜻한 어느 봄날
남산 중턱을 넘어 후암동을 걸어간다
플라타너스 은행나무 가로수
공인중개사 김밥천국 안경점 동사무소 소방서
파리바게뜨 헤어숍 정류장 동네슈퍼 약국
철물점 자동차정비소 중국집 동물병원 카페
사람 향기가 가득해
반갑지 않은 곳이 없다

골목 골목도 정겹다
군데군데 개조심 푯말
담벼락에 붙은 이삿집 용달 화물차 건축폐기물 사다리차
스티커
붉은 벽돌담 검붉은 기와
지저분한 전봇대와 얽히고설킨 전선
골목에 널린 비료포대 쓰레기통 화분 CCTV
후암동에 감나무가 이렇게 많았던가
예쁜 길, 예쁜 골목이 눈에 쏙 들어온다

지금 역시 가난하지만 욕심은 줄었나보다
젊은 날 보이지 않았던 후암동의 비경
그게 가슴에 와 닿는다
예전엔 미처 몰랐다
이게 인생인가 보다

후암동에서 2

점심 약속이 없는 날
남대문 시장에서 혼자 닭곰탕 한그릇을 후딱 해치웠습니다
걸어서 회사 돌아오는 길
너무 행복합니다

봄날 햇볕이 충고합니다
욕심 너무 부리지 말고
남에게 상처 주지 말고
그냥 그냥 살아라
뛰지말고 때론 걷고
때론 뒤를 돌아보면서
하늘도 쳐다보면서
그저 그저 살아라

걸어가는 길이 너무 예쁩니다
며칠 전 대학 강의가 생각 났습니다

학생들에게 말했습니다
행복한 세상을 원한다면
자신부터 행복해야 한다고
봄날 햇볕이 들었다면 묘한 웃음을 지었을 겁니다
참으로
이런저런 생각이 드는 따스한 봄날 오후입니다

이름 모를 곳

길을 가다
운전을 멈춘다

휭 하니 지나치려는데
입간판이 보인다
전통방식 콩국수라 쓰여 있다

식당 이름은 알 필요 없다
옛날 맛이 그리워 문을 연다
서리태 콩국수에 김치 둘
소박하다
뜻하지 않은 혼밥
낯선 곳 낯선 집에서의 소박한 상차림은
늘 나그네를 설레게 한다

내비게이션은 잊었다

굳이 어디인지, 어디로 갈지 따지지 않으마

이름 모를 곳에서 만난 엄마의 맛
더 이상 의미있는 여정이 또 있을까

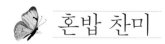

혼밥 찬미

오전 일 끝나면 회사 문을 나선다
순댓국이 그리워 길을 재촉한다
순댓국 한 그릇
밥 한 공기
양파 고추에 된장 하나
살짝 익혀 버무린 부추
먹을 만큼 퍼담은 김치와 깍두기
그리고 소주 한 병
더 이상 욕심 없다
걱정도 없다
먹으면서 말을 기계적으로 섞어야 한다는 것
억지로 친한 척하며 숟가락을 드는 것
때로는 고통이다
혼밥은 그래서 좋다
멍하니 그저 젓가락을 입으로 가져가면 된다

웬 청승이냐구

이상한 눈으로 보지 말라

혼자 밥 먹는 게 좋다

그러고보니 옆 테이블 중년신사도 혼밥이네

회사로 돌아오는 길

5분도 안 되는 시간에 머리가 또 복잡해진다

기획물

연말정산 서류

주말약속

혼밥 때 잊혀졌던 생각이 고개를 내민다

아, 업체서 오전에 전화왔었는데 답신을 깜빡 잊었네

서둘러 길을 간다

이렇게 오후도 간다

착하게 살기

겨울골프를 쳤다

오비가 났다

왼쪽으로 너무 당겼다

공이 급경사를 타고 언덕 밑으로 굴러간다

줍지마세요 헌 공입니다

공 갖고 오려는 캐디를 만류하고 지나치는데

밑에서 소리가 들린다

공 쳐올릴게요

다른 홀 손님이다

아뇨 괜찮습니다 헌 공인데요 뭘

그래도 쳐 올릴게요 안봤으면 몰라도 봤으니 쳐서 올려드

릴게요

중후한 목소리다

더 이상 거절하는 건 예의가 아닌듯 싶다

아이언샷으로 친 공이 날라오는데

조금 모자란다

언덕 밑, 정확히 5미터 밑 쪽에 공이 멈춘다
살짝 내려갔다 오면 될 듯 싶다
공 올려준 성의를 봐서라도 가져와야지
가파르고 미끄러운 길 한발을 버티고 공을 줍는 순간
뭐가 뚝 한다
오른쪽 장딴지에서 들리는 파열음
아, 겨울골프 이래서 조심하라고 하는구나
절뚝절뚝
동반자가 부담을 느낄라
아프다는 얘기도 못하고 남은 10여 개 홀을 팔로만 쳤다
일주일 내내 다리를 절었다
못났다 못났어
남의 호의를 제대로 받지 못하고 부상이나 당하다니

어느 정도 발목 아픔이 덜해질 무렵의 지하철
개찰구 앞에 한 중년남성이 낑낑거리고 있다

73

사람은 들어갔는데 가방이 회전 바에 끼어있다

여행용 가방이 너무 크다보니 미처 못 빼낸 모양이다

눈이 마주쳤다

도와달라는 신호다

지하철 패스 태그해주시면 바가 돌아가고, 재빨리 가방을
뺄테니

그때 들어오시면 될 것 같습니다만…

그러시죠 뭐

태그를 한 후 가방을 밀치고 동시에 몸을 들이려는데

바가 전혀 돌아가지 않는다

가방이 끼어도 너무 꽉 끼었다

둘이 힘을 합쳐 가방을 겨우 빼냈다

연신 고맙다고 한다

그런데 아뿔싸

내 몸은 여전히 개찰구 밖이다

들어가려면 다시 한번 태그를 해야 한다

또 돈을 내야 한다
뭐, 점프하지 뭐
개찰구 양쪽 모서리를 손에 잡고 점프를 했다
바를 넘었다
악,
하필 골프칠 때 다쳤던 발목으로 착지하다니
절뚝거림은 보름 연장됐다

호의를 잘 받는 것도 어렵고,
착하게 살기도 힘든 세상이다
그래도 기분은 좋다

떠나지 않는 욕심 하나

나이를 먹는다는 것은
욕심을 내려놓는 작업의 연속
해가 쌓일수록
욕심 하나 하나 쓰레기통에 던져버린다
출세욕이 그랬고
재산욕이 그랬고
권력욕이 그랬다
인기욕심
자리욕심
술욕심도
슬그머니 호주머니에 집어 넣는다

어쩌면 다들 신의 영역이다
인간의 영역과 신의 영역을 구별하는 것
그게 지혜다

그런데 아직도 끈을 놓지 못한 욕심 하나 있다

오늘도 출사를 앞두고 헛된 욕망을 꿈꾼다
서재에 놓여있는 영광의 기록
이글패 싱글패 홀인원패
그래도 모자라
우드를 닦고 있다
기다려라, 알바트로스

헛된 욕망임을 알면서도
낯뜨거워 하면서도
미물의 욕심을 앞세워
신의 영역을 기웃거린다
아, 한심한 인간아

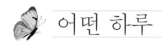 어떤 하루

새벽 택시 출근길

한강대로

갑자기 클랙슨 소리가 요란하다

빵빵빠아아~ 빵빵

무슨 큰일 났나 싶어 봤더니 뒤차다

외제차에 운전자는 젊은이다

계속 눌러댄다

직진과 우회전 가능한 3차선에 택시가 서 있는데

우회전하려니 막혔나 보다

더 비켜주려해도 앞차 간격이 있어 어정쩡하다

15초 정도 지나 신호가 바뀌었다

빵빵빠아아~ 빵빵

택시가 조금 전진하자

뒤차는 화풀이성의 엄청난 굉음을 울리며 우회전 한다

저런 애들 한 대 때려주고 싶어요

차선 충분히 비켜줬고, 지나갈 수 있을 정도였는데
계속 빵빵거리고…
택시 기사님이 투덜댄다

세상이 각박해서 그런거지요
먹을 것은 없었지만, 그래도 옛날이 그리운 것은 그 때문이
겠지요
내 맞장구에 기사님은 신이 난다

그러게요
예전엔 사람 사는 정이 넘쳤지요
인심도 좋았고요
남의 집 쌀 떨어지면 몰래 갖다주기도 하고
왜 옆집 굴뚝에 연기 안 나면 굶고 있구나 하고
쌀 퍼다주기도 했잖아요

"……………………"

천석부자는 인근 50리 안에 굶어죽는 이 없어야 하고
만석 부자는 100리 안에 굶어죽는 이 없어야 한다고 했어요
그만큼 베풀고 살았다는 뜻이지요
지금은 옆집에 누가 사는지 아는 사람 몇이나 되겠어요
그러니 애들도 사람 정을 알겠어요

기사님 말 계속 듣고 있자니
귀찮기도 하지만
여러 가지 생각이 든다
저기 사거리에서 좌회전 해주세요
네
됐습니다
여기서 내릴게요
네
좋은 하루 되세요

기사님도요

각박한 하루, 이렇게 시작된다

죄송합니다 선생님

어깨를 펴고 시선은 똑바로 하라
선생님께선 늘 말씀하셨다
근데 세월이 가면서 어깨가 늘어지고
시선을 땅바닥을 향하게 된다
선생님께 죄송하다

엊그제 땅을 쳐다보며 걷다가
한 식당 마당에서 500원짜리 동전을 주웠다
500원은 얻었지만 선생님껜 실망감을 드렸다
나는 바보다
그깟 500원 때문에 은사에 실망감을 드리다니
죄송합니다 선생님
그런데 이 500원은 어떻게 할까요

어깨를 펴고 시선은 똑바로 하라
선생님께선 늘 말씀하셨다

엊그제 과음을 했다

죽이 맞는 사람과 만나 고주망태가 됐다

집에 어떻게 돌아왔는지 모르겠다

아침부터 가시돋친 아내 목소리에 주눅이 든다

눈을 바로 보지 못하겠다

아내 잔소리에 바닥만 쳐다본다

나는 바보다

그깟 술욕심 때문에 은사에 실망감을 드리다니

죄송합니다 선생님

그런데 아내한테는 죽었다 하고 낮은 포복만 하면 될까요

어깨를 펴고 시선은 똑바로 하라

선생님께선 늘 말씀하셨다

안경점에 갔더니 노안이란다

근시, 난시 다 있네요

다초점 안경 안 쓰면 눈 완전히 버린단다

거금 51만 원을 주고 맞췄다

당분간 걸을 땐 고개를 숙이란다

초점이 안 맞으면 잘못하면 계단서 미끄러진단다

나는 바보다

시력 하나 제대로 못지켜 은사에 실망감을 드리다니

죄송합니다 선생님

그런데 계단 구르는 것보다 바닥 쳐다보는 게 낫겠죠

공평한 인생

조중동 다 떨어졌다

방송3사는 서류전형도 통과 못했다

지역으로 눈을 돌렸지만 지역방송에서도 면접서 탈락했다

낙방 열 번이 넘자 세는 것을 포기했다

제기랄, 이 놈의 세상

다 잊자, 잊고 살자

친구 집으로 도피했다

느타리버섯을 키우는 집

친구 아버님이 내 표정을 읽었나보다

맘 편히 그냥 느타리버섯이나 키워라

느타리버섯은 민감한 몸을 지녔다

신선한 공기를 먹고 산다

아침 점심 저녁, 정확히 세 번

하우스 창문을 열고 환기를 시켜줘야 한다

썩은 공기는 치명적이다
톱밥 위에 둥지를 튼 느타리버섯의 주영양분은 물론 물이다
물을 하루에 두 번 이상 호스와 분무기를 사용해 흠뻑 뿌려
준다
하루 이틀 사흘 또 몇 날 며칠
창문을 제때 열었고, 제때 물을 뿌렸다
다 잊었다

어느날 한 가지를 발견했다
물을 줄 때
분무기가 뻗치지 않는 선반 코너에 있는 느타리버섯은
아무래도 가까운 곳에 위치한 버섯보다 물을 덜 먹을 수밖에
없다는 것을
그래서 사각지대 버섯의 자라는 속도는 더디고
반면 손만 대면 닿는 곳에 있는 버섯은 쑥쑥 자란다는 것을

그런데 더 중요한 것을 깨달았다
물을 흠뻑 먹고 쑥쑥 자란 버섯은 금세 뽑혀지고
덜 자란 버섯은 늦게 뽑혀진다는 것을
아, 물을 원 없이 먹은 버섯은 대신 생명이 짧구나
물을 덜 마신 버섯은 대신 생명이 길구나

마지막이라 여기고 입사 원서를 넣었다
면접관이 질문한다
당신의 인생관은 뭡니까
느타리버섯 얘기를 꺼냈다
느타리버섯을 키워보니 얻는 게 있으면 잃는 게 있고
잃는 게 있으면 얻는 게 있더라구요
인생은 공평한 것 같습니다
만약 그렇지 않다면 공평한 세상을 만들기 위해
뛰겠습니다

낙방인생은 그렇게 종지부를 찍었다
느타리버섯아
취직하게 해줘 정말 고마워

사랑니

사랑니가 말썽이다
제대로 씹지도 못하고
말도 안 나온다
매년 한 번씩은 꼭 통증을 가져오는 사랑니
원래 아프거니 지나가려니 참고 또 참았다
이번엔 안 되겠다
너무 아프다

치과에 갔더니
의사가 말한다
걱정마세요
제가 남들 이 뽑은 것 전부 합치면 비료 두 포대는 될 걸요

위 사랑니
아래 사랑니
두 차례에 걸쳐 완전히 뺐다

의사는 사랑니 뽑은 기록을 비료 두 포대에 4개를 얹었다
너무 시원하다
이럴줄 알았다면 일찌감치 뽑을 것을

살아오면서
잘못한 것
후회되는 것
미련이 남는 것

이 모두
의사에게 제거해 달라고 해야겠다

전봇대

뭘 그렇게 한아름 안고 사니
어깨가 무겁지도 않니
하긴 네가 선택한 것은 아니지
실타래 같이 뭉쳐진 전선을 머리에 이고
몸통엔 CCTV를 걸친다
허벅지엔 이삿집센터, 짜장면집 스티커를 붙인다
그것도 모자라 반사거울까지 허리에 꿰찼다
무겁겠다
짐을 훌훌 버리고 싶겠다
네 동생은 그게 싫어 땅속으로 들어갔지
왜 내가 온갖 부담을 져야 하냐고 울분을 토하면서
너의 길은 네가 택한 것이 정말 아니었다
사람들이 그렇게 만들었지
세상 부양을 억지로 떠맡겼지
그래도 싫다는 내색 하나 보이지 않는 너
장하다

네 어깨에 짓눌리는 고통의 크기만큼 세상은 더 밝아진다
발밑에 모인 쓰레기봉투에 미간을 찌푸릴법하지만
넌 너그럽게 인내한다
대범하도다
숭고하도다

사람들이 다 너 같다면야
정말 사람들이 다 너 같다면야

수염이 자란다

언제부턴가
쑥쑥 자라나는 수염
반나절만 지나도 까칠까칠
옛날엔 그러지 않았다
수염은 잘 자라지 않았다

곱게 자란다면 봐줄만 하겠지만
그게 아니다
비뚤비뚤 듬성듬성
게다가 반쯤은 하얀 수염

면도를 하려
거울을 본다

휑한 눈
어두운 표정

그보다 더 초췌한 수염

아버지가 거울 속에 계신다

고로쇠처럼

해마다 2월 말~3월 초
셀렘의 시기다
기다림이 있어 그렇다
기다리는 것은 고로쇠다
매년 처남과 동서가 한 박스씩 보내준다
올해도 어김없이 택배가 온다

겨우내 간직했던 영양만점 수액
뼈를 이롭게 한다고 골리수라 했다던가

그건 잘 모르겠다
위장병에 좋고, 신경통에 좋다고 하는데
중요한 건 그게 아니다

그냥 벌컥벌컥 마신다
오장육부가 씻기는 듯한 쾌감이 좋다

목구멍을 타고 전신에 퍼지는 청량감이 좋다
시원하다
몸이 정화되는 듯 하다

앉아서 고로쇠 한통을 다 비운다
하룻밤만에 한 박스를 다 비운다
몸안 찌꺼기
고민과 스트레스
욕망
일시에 녹아내리는 것 같다

고로쇠처럼
누구에게 이처럼 고마운 존재가 돼본 적 있는가

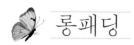

롱패딩

롱패딩 하나 샀다

다들 롱패딩 롱패딩 한 이유를 알겠다

한번 입으니 못벗겠다

겨울 너무 춥다

모자 푹 눌러쓰고

무릎 아래까지 푹 덮어주니 겨울 안 무섭다

새벽 출근

오늘은 다른 점퍼 입어야지

생각하다가도

길을 나설 땐

귀찮다

어제 입던 롱패딩을 또 걸친다

한달 내내 롱패딩 하나로 버틴다

이쯤 되면 병이다

롱패딩 때문에 다 버린줄 알았던 집착 하나 생겼다

내 딸 1

그 무섭다는 중2

북한이 남침을 하려해도 중2 때문에 못내려온다고 했던가

아빠, 나 파마할래

대뜸 딸이 통보한다

중학교 2학년이 파마한다고? 안 돼, 정신이 있어 없어?

그래서 아빠하고는 이야기를 못하겠어 안 통해

딸의 반응이 거칠다

자기 방문을 쾅 닫더니, 도통 거실로 나오지 않는다

마음이 영 거북하다

너무 매몰차게 대했나

한 시간 지났을까

가방 멘 딸이 학원 가려고 방을 나온다

학원 가니? 잘 갔다와

답이 없다

냉기가 느껴진다

얼굴 쳐다보지도 않은 채, 현관문을 닫는 소리가 천둥 치듯 요란하다

학원에서 돌아왔을 때도 마찬가지

잘 다녀왔어?

대꾸도 않고 자기 방으로 들어간다

좀 심했나, 심기가 불편하다

주말 당직을 서고 온 아내가 얘기를 듣더니 잘했어라고 한다

그래도 뭔가 찜찜하다

딸아이 방으로 들어가 다른 애들도 파마 하는지 물었더니

그렇단다

그래, 그럼 아빠가 카드 줄테니 엄마랑 가서 파마하고 와

기왕 간 김에 엄마도 머리도 할겸

아이는 아이다

정말?

아내도 철없이 덩달아 신이 났다

얼마 후 휴대폰에 띵동하고 소리가 나더니 15만 원이 찍힌다

딸 파마비 7만 원, 아내 머리 손질비 8만 원

그렇게 하루가 지나갔다

문제는 며칠 뒤 터졌다

퇴근 후 집에 들어가니 모녀 분위기가 싸늘하다

자초지종은 이랬다

딸 아이가 파마한 것을 선생님한테 들켰단다

선생님은 머리를 다시 스트레이트로 풀어오라고 했단다

딸은 울며 겨자먹기로 자기돈 7만 원을 들여 머리를 폈단다

딸은 엄마한테 7만 원을 달라고 했고, 아내는 단호히 거절했으리라

다음날 새벽

출근 전 자고 있는 딸 아이 방으로 갔다

책상 위에 7만 원을 얹어놨다

메모도 남겼다

우리 딸. 파마해 봤으니 됐지? 머리 편 값 아빠가 줄게. 해봤으면
되는거야. 대학생되면 아빠가 얼마든지 파마해줄게. 그리고, 그리
고…. 음, 아빠 생각은 우리 딸은 생머리가 정말 예쁜 것 같아

한창 일하고 있는데 딸로부터 카톡 문자가 날아온다

아빠 너무 고마워요! 진짜 많이 사랑해요

또 온다

감동 받았어요

잠시 후 아내한테 전화가 온다

우리 딸이 일어나자 마자 울고불고 하길래 놀랐어

아마 당신이 그렇게 하니까

정말 감동받은 모양이야

참, 딸 키우기 어려운 세상이다

대한민국 딸 가진 아빠

특히 중2 딸 가진 아빠들에게 경의를 표한다

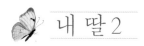

아빠, 나 배고파
학원에서 집으로 픽업하는 길
딸아이가 배고프단다
그래? 그러면 집에서 밥 먹을까
밥은 됐고 컵라면 하나 먹지 뭐
잘됐네 집에 컵라면 두어 개 있던데
무슨 라면이야
김치 왕뚜껑 라면
나 그거 안 먹는데, 난 육개장 컵라면이 좋던데
그럼 사가지고 가지뭐
아냐 됐어 살쪄 참지뭐

주차장에 들어서 딸아이 먼저 내리게 한 뒤
파킹을 한다
편의점에 들른다
육개장 라면을 산다

현관 문을 열고 들어서니 마침 딸아이가 씻고 나온다
아빠도 배고픈데 컵라면 하나 같이 먹자
난 집에 있는 김치 왕뚜껑 먹을테니 넌 육개장 먹어
비닐에 든 육개장 컵라면을 내민다

딸아이가 웃는다
안 그래도 되는데, 아빠 정말 섬세한 사람이야

컵라면을 마주앉아 먹으며 오늘을 마감한다

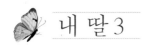

내 딸 3

조용필 김건모 이승철
노래 열 곡 이상 듣고 기다렸더니
겨우 딸아이가 학원 밖으로 나온다
평소보다 늦게 끝났다
학원 선생님이 가르쳐줄 것이 많았나보다

딸아이가 문을 열더니 조수석에 털썩 앉는다
표정이 안 좋다
어디 불편한 데 있어?
기분도 영 그렇고 몸도 안 좋으니 말 시키지 마
무슨 일 있었어?
말 시키지 마
".................."

흐르는 노래가 재미도 없고 처량하다
반포대교 지날 쯤

힐끔 곁눈질하니 아예 눈을 감고 있다

아파트에 도착했다
아빠 파킹하고 갈테니 먼저 들어가
뭐가 불만인지
대답도 없이 휭하니 내린다

무례하지만 야단칠 수 없는 그녀 이름
대한민국 고3 딸이다

딸에게

혹시 혼자 있어도
절대로 울지마렴

혼자라고 느낄 때
나무를 봐
느티나무 이파리에 미풍이 불고
그 잎이 잠깐 흔들리면
그게 아빠의 입김이라고 생각해

혼자라고 느낄 때
나무를 봐
은행나무 가지에 바람이 일고
은행잎이 떨어지면
그게 아빠의 속삭임이라고 생각해

혼자라고 느낄 때

나무를 봐
소나무 기둥에 산들바람이 감돌고
솔향이 허공에 넘실거리면
그게 아빠의 포옹이라고 생각해
혼자 있다고 혼자가 아니야
이별한다고 이별이 아니야
처음부터 그랬듯이 언제나
네곁엔 아빠가 있어

그러니 절대로 울지마렴
혼자라고 느낄 때
씩 하고 웃으면 되는 거야

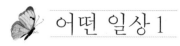

퇴근 무렵 아내한테 전화가 온다
나 마사지 하고 갈게
그려 그려

집에 가니 밥이 없다
쌀을 씻는다
정확히 쌀 4컵에 밥솥 눈금 4로 물을 맞춘다
아, 아내와 딸은 고두밥을 좋아한다
물을 약간만 빼낸다

달걀 3개로 계란찜을 만든다
냉장고 안 된장찌개를 꺼내 다시 끓이고
식은 두부조림은 프라이팬에 다시 데친다
무친 콩나물, 김, 김치
테이블에 세팅한다
내친 김에 설거지도 해놓는다

아이 배고파

마침 현관문을 열고 들어오는 아내와 딸

어, 같이 들어오네?

아파트 입구에서 만났어

둘이서 식탁을 본다

우리 남편 고마워

아빠 고마워

고단한 하루, 이렇게 간다

송양용ⓒ

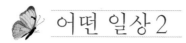

악, 아빠 벌레!
딸아이한테 걸려온 전화 목소리
다급하다
벌레가 다리 밑으로 기어왔어, 무서워 죽겠어
화장실에서 벌레가 가끔 발견됐는데
아이 방으로까지 갔나보다

괜찮아 벌레인데 뭐
아빠가 집에가서 다 잡을게
그러지말고 이사가자 응 벌레 무서워

딸아이 전화를 받았는지
아내가 오히려 더 치를 떤다
저녁
약국에 가서 붕산을 사더니
벌레 잡겠다고 생난리다

정말 이사라도 가야겠어
벌레 너무 싫어
식탁에서 한마디 던졌다
사람이야 벌레가 징그럽다고 하겠지만
그 벌레가 사람을 보면 얼마나 무서워하겠어?
벌레 하나 갖고 너무 야단법석 아녀?

동시에 두 사람이 싸늘하게 쳐다본다
벌레 퇴치 못하면 가장 자리 포기하셔
이런 표정들
씨도 안 먹힌다

벌레야, 우리집엔 웬만하면 오지 마라
가장 노릇 하기 정말 어렵다

바둑이 좋은 이유

녀석은 차별을 모른다

공평하다

한 수 둘 때 다른 한쪽도 한 수 둔다

한 번에 두 수는 없다

출발부터 공정하다

19 곱하기 19의 백지 속에서

차근차근 자신의 집을 지어간다

남이 거대한 성을 쌓았다고 부러워할 필요 없다

나 역시 큰 성을 만들면 된다

녀석은 염치가 있다

광활한 공터를 독점할 생각은 없다

나눠준다

대신 조금 더 가져간다

너무 많이 가진다 싶으면 조금씩 양보하기도 한다

너도 나도 빈손으로 출발했기에

개 돼지 1% 99% 흙수저 금수저

이 단어를 모른다

철저히 능력 순이다

가진 것 없이 시작했으되

능력이 있으면 광야를, 모서리를 지배할 수 있다

그렇다고 오만한 것은 아니다

녀석은 되돌아봄을 안다

복기라는 이름으로 말이다

과거의 잘못과 실수, 만용을 다시 끄집어내 교훈으로
삼는다

그러니 녀석이 좋을 수밖에
골프? 안 치면 그만이지
술? 적당히 먹으면 그만이지
담배? 끊으면 그만이지

하지만 녀석만은 내치지 못하겠다
적당한 욕망과 적당한 반성, 매력 만점의 녀석

분수 지키기

오만의 인생은 응징을 낳는다
신은 인간의 자만을 수첩에 적어뒀다가
안 되겠다고 하는 순간
곧바로 응징한다
그 진리를 숱하게 봐왔건만
오만에 빠진 순간
자신과 거리가 멀다고 착각할 뿐이다

직진 뿐인 인생은 후회를 낳는다
신은 인간의 직진을 지켜보고 기억했다가
탐욕의 옆길로 새는 순간
곧바로 엄벌한다
가끔 뒤돌아봐야 한다는 걸 알곤 있지만
욕망에 전신이 뒤덮이는 순간
자신과 상관없는 일이라고 치부할 뿐이다

부정하게 절대권력을 휘둘러 본들 무엇하랴
탐욕으로 세상에 우뚝 서본들 무엇하랴
수 년 뒤 감당치 못 할 불구덩이가 기다리고 있는 걸

오늘의 웃음과 영광을
호들갑스럽게 자랑 말자
그것은 잠시 빌린 것일 뿐
훗날 오늘의 즐거움을 토해야 하는 날은 온다

얻는 게 있으면 잃는 게 있는 법
잃는 게 있으면 얻는 게 있는 법
거만해지는 순간 다 잃는 것
그게 인생이다

제 분수를 모르고
날뛰면 언젠가 한방에 몰락한다

나이 들면서
최순실이다 미투다
시끄러운 세상에서
조금 깨닫게 된 이치다

고두세피아와 맨드라미

조카가 고두세피아 화분 하나 들고 왔다
집들이도 못했는데 죄송해요
집에 두면 공기도 맑아지고 좋대요

대도 아닌 것이 대나무 같이 생겼고
가끔 토실토실 새순도 올라와
2년간 애지중지 키웠다
고두세피아는 큰 욕심이 없어 보였다
일주일에 물 한 번이면 만족했다

어느 추운날 배란다에 줄곧 놨더니
잎이 마르고 줄기가 푸석하다
죽었다
미안하다 고두세피아

이촌역 앞을 지나는데 꽃집이 보인다

맨드라미 씨를 샀다
고두세피아는 죽었지만 화분이 아까워
씨를 뿌렸다
물도 흠뻑 줬다
그런데 싹이 날 기미가 없다
씨 잘못 샀나
화분을 복도에 내놨고 잊었다

어느날 귀가 길
복도 화분에 맨드라미가 활짝 피어있다
붉은 꽃 덩어리를 자랑한다

미안하고 고마워
울컥한다
비가 유난히 많이 내리던 며칠 동안
복도에 흩날리는 빗방울 몇 점 구걸해 마시며

새 삶을 탄생시켰구나
생명의 신비보다 아름다운 것은 없다

고두세피아 간 자리
맨드라미가 화사하게 둥지를 틀었다
우두커니
화분을 한참 동안 응시한다

사무실 난초

미안하다
네 땅을 빼앗아 억지로 떠밀어 이곳까지 오게 했구나
물을 준다
또 물을 준다
미안해서

토라져도 이해한다
시큰둥해도 이해한다
부모 형제와 생이별
그 아픔 누가 알까

사실 넌 여기 있을 존재가 아니다
고귀함
기품 하면
세상 첫 번째 손가락 아니더냐

물을 준다
또 물을 준다
그게 위안이 된다고는 여기지 않는다
물로 널 사로잡을 것으로 생각했다면
오산임을 안다

다들 퇴근해 텅빈 사무실
네게 말을 건다
외롭게 해서
힘들게 해서
미안하다

어느날 네가 샛노란 꽃을 피웠다
마음을 열었다곤 생각지 않는다
슬픔이 덩어리로 모여 노랑이 됐고
그건 원망의 꽃망울과 다름 아닐테니까

그래도
그래도
고맙다

학벌 사회

좀 잘났다 하는 사람 만나면
한결같이 물어보는 말
어느 대학 나오셨어요
전공은 무엇인가요
고향이 어디세요

당신이 잘 하는 일은 무엇인가요
어떤 경력을 갖고 있나요
꿈은 뭔가요
책은 몇 권 썼나요
어느 쪽에 특히 열정이 있나요
이걸 물어보는 잘난 사람은 보지 못했다

캘리포니아 나파밸리에서 있었던 일
안내하는 와인메이커의 해박한 지식에 감탄해
와이너리 사장한테 물어본 적 있지

저 와인메이커는 어느 대학을 나왔나요
그때 와이너리 사장의 말
우리 와인메이커는 나파밸리 최고의 능력자입니다
그것으로 됐지 어느 학교 나온 게 뭐 중요한가요
경멸의 눈빛이 섞여 있던 그의 답

뒤통수를 야구방망이로 얻어맞은 느낌
절대로 가볍지 않은 충격
아, 맞다
사람 나고 학벌 났지 학벌 나고 사람 났나

인간에 대한 차등
인간에 대한 선입견
학벌사회는
개인의 열정을 사지로 몰아넣는 죄악사회
조금 못배웠다고

조금 가방끈이 짧다고
이유없이 루저로 만드는 정신적 폭력사회

그런데도
많은 이들이 묻고 또 묻는다
어느 학교 나오셨어요
아, 나도 그 학교 나왔는데
누구 누구 아세요
아, 나하고도 친한데
변치 않는 공식
학벌사회=대한민국
오늘도 숱한 사람들을 울게 한다

버티는 놈이 최고

잘난 놈
배운 놈
머리 좋은 놈
다 필요없다
버티는 놈이 최고다
살아보니 그렇다

얍삽하게 아부하는 놈
본능적으로 권력 냄새를 맡는 놈
기가 막히게 줄을 잘 타는 놈
다 필요없다
묵묵히 참고 제자리 지키는 놈이 최고다
살아보니 그렇다

무뎌지지 말자
감사한 일에 감사하고

베풀어준 것에 고마워하고
선처를 해주면 눈물 흘리며 기쁘게 받아들이자
세상에서 가장 경계해야 할 것은
무뎌지는 것이다
사랑에
가족에
주변에
무뎌지지 말자

달빛만으론 농사를 지을 수 없다

이를 악물고 버티며
땀으로 인생을 일군다

송영웅 ©

그냥 울고 싶다

누군가를 그리워하려면

차라리 허락을 받는 세상이라면 좋겠다

첫사랑

잘 가라고
내민 손을 잡지 못했지
도랑 옆 얼음 속 시냇물이 흐르고
떨어져 나갈 것 같이
시린 귀만큼이나 추운
우리들 어깨 위엔 눈이 내리고
가느다란 대추나무 가지 끝
온통 흰 세상으로 장식된
선암 마을어귀 회관 앞에서
잘 가라고 내민 손을
끝내 잡지 못했어

난 이렇다 할 말도 못했지
그냥 머뭇머뭇거리다가
얼핏 눈보다도 맑은 너의 눈을 보았고
서글픔을 머금은 너의 미소가 백설보다도 더 창백하다고

생각했을 뿐

아름다운 세상임을
베르네르와 하이네 멋진 시구를 던져야 한다는 생각은 잠시
그냥
정말 그냥
머리를 긁적이다

멋쩍은 미소만 남긴 채
돌아섰지
꽝꽝 언 논두렁 길을 걸으며
서글픔의 눈물자욱이
발자국보다
더 진하게 남았다는 걸
넌 몰랐을 거야

사랑, 잊고 싶다

내

그대를 잊고자

바람에 날리는 낙엽같은 가벼움으로

세월을 노래했는데

누군가에

가슴을 내밀면

누군가 대신 큰 아픔으로 다가서는

그대가 있음으로 하여

다시금

세월을 노래했는데

수많은 불면의 어둠을 걷은

아침 햇살에 보여지는 소립자

같은

명료함으로

텅빈 허무를

잊고자 했는데

한겨울
빈 처마 끝 고드름이 녹을 때까지
눈물나던 눈으로
쳐다보며
끈질긴 기다림으로
그대를
정말 잊고자 했는데

문득
겨울새가 보고 싶어

송양용ⓒ

141

재회

산등성이 단풍 물들어가는
올 추석엔 그녀를 만났네
하이네 재회를 읽으며 사랑을 간직하던 때
그 소중한 추억을 찾아서

한적한 시골 자갈길을 걸으며
길가 코스모스는 꼭
길가의 코스모스가 아닌
물 말라버린 냇가 중앙에도
필 수 있다는 걸
잠시 잊을만큼
사랑의 소리에 귀 기울였지

몰라
바람 한줌 없는 개울가 사이로
우리 사랑은 예전에 흘러가 버렸을지 모르지만

친근한 밀어가 그녀의 여린 가슴에도 있었는지는

깨복쟁이 친구는 언제 만나도 반갑다고
어디에 있었는지 항상 궁금했었다고
너스레 몸짓으로 속삭여도
서로의 공감이 어느 정도인지
모를만큼
세월이 흘러갔는데

햇살 아래 찬란한 그 미소에
눈물이 난 것은 왜일까

사랑은 바람과도 같은 것
카멜레온 같은 사랑
재회의 즐거움은 잠시

그녀의 맑은 눈을 대했을 때
고통은 전혀 없는 양
왜 밝게 웃지 못했을까

일방통행 편지

어지럽게 흩어진 서류더미의 책상 끄트머리 놓여진
예쁜 글씨의 흰 봉투
떨리는 손끝 사이로
지난 사랑이 떠오르는
가냘픈 전율감

이별 끝에
일 년이 흐르고
안부 편지 혹은 잊혀진 사랑의 애수
둘 중 하나이겠지만
불현듯 혼미해

멍한 의식이 침묵을 지키고
낯익은 글씨체 뿐만 아니라
바람같은 그녀를 이젠 잊었다고
생각했는데

여전히
성숙한 체취 속에
단어의 이중성을 부여한
좋은 사람이었다는 칭찬도 가미된
아,
다신 못받을 일방통행 편지

송양용ⓒ

어설픈 사랑

전화기를 통한 우리 만남은 언제나 그러했듯이
공허한 말만 오갔지
헛도는 대화 후
수화기를 내려놓는 나의 손은
용기없는 놈이란 자책으로
계속 떨고만 있었지

잘 있었니
많이 추워졌다
그런 안부보다는
보고 싶다는 말을 할 걸
의미없는 대화보다는
상심한 내 미소를 전화선을 타고 보내고 싶다는
그 말을 할 걸

넌 서울에 있고

난 대전
전화를 통해 가끔씩
계절의 우수를 전하고는 있지

삶은 변해도
사랑은 탈색하지 않는 것

전화기로 사랑을 전하는 법을 알았다면
허무한 대화는 필요 없었겠지
매일의 통화가
일주일에 한 번
한 달 한 번으로 변한 이유
사랑의 기술이 없었기 때문일 거야

그럭저럭
세월이 가고 우린 서로 잊겠지

누군가를 그리워하려면
차라리 허락을 받는 세상이라면 좋겠다

나 너 그리워해도 되니
그래
하면 그리워하고
안 돼
하면
잊는
그렇게 살고 싶어, 정말

무지개 사랑

전남 함평군 손불면
작은 바닷가
길고도 긴 둑을 둘이 걸었지
사방엔 바람의 아우성
조금씩 가랑비가 내리고 있었네
우산도 없는 우리는
그러나
어깨만 젖었을 뿐
가슴은 오히려 활활 타올랐지

뭔 얘길 했는지 몰라
그냥 깔딸대던 웃음
그것을 접지 말도록 해야 한다고 생각했을 뿐

그때
수 킬로미터 떨어진 수평선

까마득한 곳에서 까마득한 곳으로
무지개가 서서히 피어났네
네 웃음이
무지개를 불러온 거야
왜 바람은
왜 비는
이때
무지개를 가져다 주었을까

나처럼
네 가슴도 콩닥거렸을거야
한참을
우린 그렇게 서 있었지

손에 쥐어주곤
휑한 바람을 일으키며 떠나갔지
예쁜 청첩장
달포는 고민했을 거야
가야 하나, 말아야 하나
주례 앞 네 옆에 서있을 녀석
그 녀석 면상에 주먹이라도 날릴까
쿨하게 박수쳐줄까
너무 어렸어

그 옛날
영풍문고
1층에서 2층에서
우리는 각자 기다렸지
네가 오를 땐 난 내리고
네가 내릴 땐 난 오르고

계단에서라도 왜 만나지 못했을까
한 시간의 엇갈림 후 겨우 만났을 때
이별의 운명임을 예감했어
그래도 버렸어
운명 따윈, 예감 따윈 쓰레기통에 버렸다고
맘 속에 통보했어
그래서
만났다 헤어졌다 헤어졌다 만났다
너무 고통스러웠어

가지 말라고
다시 시작하자고
너 뿐이라고
입안에만 맴돌았어

떠나면서도 말했지

앞으로 너한테 편지 받을 여자가 질투나
의문의 말과 함께
청첩장을 내밀곤 총총히 사라졌지

그날 갔어야 했어
패배감이 전신을 휩쓸었겠지만
남자답게 축하하고
싹 잊었어야 했어

그랬다면 마지막 말뜻
무슨 말인지 모르고
미제로 안고 살아가는 일은 없었겠지

후회 2

그땐 몰랐어

까불까불 재밌게

웃음만 주면 되는 줄 알았지

가끔 멍한 표정 무료한 안색을

읽지 못했네

사랑은 재잘거림이라고만 생각했네

그녀의 내면을 몰랐어

나보다 훨씬 성숙한 눈이 미래로, 일상으로, 현실로 향하는 걸

눈치채지 못했지

난 바보였어

떠난 뒤 알았네

사랑의 기술이 엉망이었음을

그땐 몰랐어

삼삼오오 몰려다니며 하루종일 어울리는 게 좋았어

후배가 말했어

○○이가 형 좋아하는 눈치던데

그런데 형 나 ○○ 좋아한다

어떡하지

우리가 모였을때 툭 던졌어

너희들 둘 잘 어울린다

그때 그녀가 던진 원망, 조롱의 눈빛에

심장은 덜컥했지만

몰랐어 그 의미를

그게 남자답다고 생각했어

내가 내뱉은 말이 무슨 뜻이었는지

얼마나 무책임한 것이었는지

떠난 뒤 알았네

사랑의 기술이 엉망이었음을

사랑의 비수

사랑
그것을 입 밖에 꺼내지 말았어야 했는데
이제야 알겠네

떫은 감
떫은 으름이
더 성숙해야 완전한 열매가 되듯이
숙성되지 않은 사랑은 사랑이 아니야

인내 배려 지혜
시간을 두고 모든 것을 버무려야 했었는데

사랑의 철부지였어
왜 그랬는지 몰라
사랑
뭣도 모르고 꺼냈네

책임질 그릇도 못된 채
아무런 준비 없이
숙성은 더더욱 없이
툭 던진
그말

철없는 날, 스스로 꽂은 비수였네

초보 사랑

하얀 드레스
싱그런 피부
화사한 웃음
커피점 문을 열고 들어왔을 때
그 순간
열병이 시작됐네

매달렸어
집착했어
선물도 보냈어
편지를 써댔어

봄날 벚꽃구경 하러 놀러갔어
놀이공원서 놀이기구도 탔어
즐거웠어
웃기에 바빴어

어느날 이별통보
다신 만나지 말자네

사랑의 복기를 해봤지만
어디서부터 틀어졌는지
기억이 나지 않네
뭐가 잘못됐는지 모르겠어
뭘 알아야 복기를 하지

다시는 하고 싶지 않은
초보 사랑

송양용ⓒ

163

인생, 그까짓 거 뭐 별 것 있나

다시 시작이다

송양용ⓒ

3부 ··· 아픈 기억

아름다운 추억

성난 사냥꾼에 쫓기는 토끼처럼
이리저리 흩어지는 자들의 고통스런 함성
거리거리를 타도하는 전경들
최루탄에 눈을 오히려 부릅뜨고
산발된 시위
스크럼을 다시 짜고
밀고 당기는
너도 나도의 눈물들
독재타도
민주화 노래를 목 터지게 부르는 슬픈 거리

꽉막힌 좌석버스에 앉아
헝겊 입마개
빨간 머리띠 두르고
목젖 터지게 외치는
내 또래 젊은이

충혈된 눈자위가 내게로 박혀와

종로 길바닥

오도가도 못하는 버스에서 내려

힐끔 힐끔

용감한 혈기

용감한 투쟁

구경 인파에 밀려
텅빈 미도파를 향해 걸어갔지
아,
부끄럽게도
사복경찰에 걸릴까봐
와이셔츠 윗 호주머니
공기업 신분증을
내내 떠올렸어

1987년 2

1987년
여름 그리고 서울
퇴근 무렵의 난
언제나 꿈을 꾸었어
영등포 대방을 지나
발길 분주한 구로공단 인파 속에 끼어
계단을 내려올 때면
맞은편엔 언제나
순환도로의 단아한 모습이 보이곤 했지

나는 서울의 소시민
그러나 너는 어디로든지 갈 수 있을 거야

이상하지
환승역 곳곳 예쁜 아가씨도
이 순간만은

내 시선 안에 들어오지 않는 걸

퇴근 무렵의 난
언제나 꿈을 꾸었어
여의도를 지나
신길동을 넘어가면
바쁜 일도 없는데
분주한 걸음과 어울려 길을 재촉하곤 했지

이상하지
방향은 자취방인데
마음은 광화문에 가 있는 걸

그래
나는 꿈을 꾸고 있는지도 몰라

1987년 3

서글픈 미소를 띤 우리들 사이로
찬바람이 지나고 있었지만
눈물만 글썽일 뿐
우린 아무 말도 하지 못했네
시끌시끌한 종각역
둘 사이엔
침묵이 가슴에 몰려왔네

우린 악수도 없었지

이별을 악수로 대신한다는 유치함도 있었지만
서로를 별로 아는 것이 없는 가운데의 헤어짐이란
앙금을 가질 필요는 없는 것
최소한의 필요한 추억만을 간직한 채
돌아서려는
- 악수로 인해 조금의 좋은 기억이 깨지는 게 두려워 -

이별의 초라함에 손을 내밀고 싶지 않은
암튼 우리는 그랬지
1987년
동숭동 어설픈 미팅의 만남을 숭고해하며
설렘과 설렘의 연속
사랑은 눈빛과 눈빛의 마찰이었을까
단 두 세번의 만남에도
감당치 못할 친근감이 밀려오고
너무 두려워
종로 아이비에서 초라한 진실을 밝혔는데

사랑은 질투의 화신을 동반하는 것
확실한, 남보기에도 그럴듯한 사랑이 절실한 너
그 스스럼없는 단호함에
사랑의 확신을 억지로 뒤로 한 채
헤어짐의 고통을 받아들였지

우수에 젖은 스물하고도 몇 살의

영혼과 영혼이

고별을 선택한 아픔이

네 가슴에도

있었는지는 모르지만

여린, 너무도 여린 내 가슴은

화가 난다기보다는 초라한 감정뿐

그래

난 아무것도 가진 게 없었어

누구를 사랑한다는 것은

내가 사랑하고

사랑받아야 할

근거를 성립시켜야 한다는 것을 거부해왔던

많은 나날들

그러나 사랑은 철저한 자격증이었나

북적대던 종각 지하철역 오후
서글픔을 뒤로 한 채 우린 악수도 없었지
원 웨이 티켓 팝송처럼
네가 사준 200원짜리 표를 들고
텅빈 상태로
사람들 틈으로 흘러들어갔지

그러나
지하철 대여섯 대가 지나가는 동안
길 잃은 짐승처럼 서성대는
지하철 벽면에 투영된 모습
눈물만 글썽일 뿐
선뜻 떠나질 못했네

광화문 시위를 향한 젊은이들의 탑승행렬도
그 순간만큼은 보이지 않았어

아,

넌 알았을까

종각역 탑승장의 순간 진공상태를

SEOUL SQUARE

송양용ⓒ

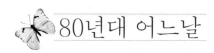

80년대 어느날

나, 군대 팔려간다
멋쩍게 웃는 녀석
한동안 못보겠다
잘 있어라

알 수 없는 설움과 한탄
그곳
학사 원두막에서 우린 울분을 토했지
언제까지 징집제야
지원제 언제 돼
민주화는 무슨 민주화
민중의 아픔 알아주긴 하나
이렇게 독재해도 돼
욕하고 또 욕하고
하다못해
녀석을 걷어찼던 식품공학과 여학생에까지

애꿎게도 쌍욕을 퍼댔다
울다 웃다
길가 코스모스에 오줌 세례도 퍼부었다
막걸리 열 통 이상이 동났고
취한 척 했지만
전혀 취하지는 않더라

잘 가라
잘 있어
멋쩍게 등 돌리고 간
녀석의 젊음

그러다
무심히 지나치는 도서관 앞에서
방패막이 너머
젊음 빼앗긴

녀석을 보았지

인생, 참 개떡 같다

슬픈 꿈 1

월악산행 버스에 오른다
빈 배낭 하나 준비했다
황량한 창밖 겨울 풍경

월악산에 닿는다
가게에서 소주 세 병을 산다
월악산 매표소를 지나
비탈길에 잠시 선다
밤톨만한 돌멩이를 줍는다
시간은 많다
찬찬히 주워 배낭에 담는다
족히 200여 개는 모았으리라

아이젠은 커녕 등산화도 없다
그냥 운동화다

며칠전 눈이 엄청 왔나보다
산 초입부터 미끄럽다
비탈길엔 얼음이 꽁꽁 얼었다
눈의 잔해에 곳곳이 미끄럼틀이다
몸을 잔뜩 웅크리고
때론 엉금엉금 기어서 산에 오른다
숨이 턱 막힌다
겨울 산
미끄러져 낙상하면 어쩌나
이런 마음은 사치다
죽을 힘을 다해 오른다

마침내 월악산 정상 영봉

바위 하나 걸터 앉는다
배낭을 꺼낸다

소주 한병 입에 문다
한 모금 마시고
돌멩이 하나 낭떠러지 밑으로 던진다
또 한 모금 마시고
또 하나 절벽 아래로 내던진다

소주 한모금에 돌멩이 하나 버릴 때
미련도
집착도
버렸다

나는 누구인가
왜 살고 있는가
무엇하러 살고 있는가
꿈은 무언가
무엇을 하고 싶은가

어떻게 살 것인가

돌멩이를 던질 때마다 스스로 묻는다

취한다
소주 한 병이 두 병되고 세 병 된다
돌멩이도 거의 다 버렸다
고졸인생
준공무원 신분
작지만 안정된 월급
함께 버렸다

소주 다 비웠다
배낭도 다 비웠다
마음도 다 비웠다
머리가 팽 돈다

하지만 어느 때보다도 맑다

산으로부터 받을 것은 다 받았다
엉금엉금 기어
월악산을 내려온다

다음날
사표를 낸다

인생, 그까짓 거 뭐
별 것 있나
다시 시작이다

# 슬픈 꿈 2

처량한 눈으로
저 위를 쳐다보면
꿈은 나를 향해 팔 벌리고
오라 손짓하는데
난 달려갈 힘이 없어

발뒤꿈치에 화살 맞은 아킬레스라도 좋아
머리카락 잘린 삼손이라도 좋아

고졸인생
가난
나약함
두려움

저기
그걸 딛고 일어서라고

꿈은 내게 손짓하는데
난 달려갈 힘이 없어

슬픈 꿈 3

밭은 기침
내뿜어지는 담배연기
수북한 꽁초
긁적긁적
머리를 쥐어짜고
허탈을 내 속 코너에 자꾸 몰아넣어도
휴지통에 쌓이는 무수한 파지

무엇이 한스러워
내 스무해 인생을 그리고 또 그리고 있나
스무칸 짜리 원고지는 그리 넓지 않은데
원고지 한 장을 못채우고
꽁초는 더 수북해지고
휴지통은 점점 살찌고

소일 없는 어느날

하루종일 병나발 불고
새벽녘 잠이 깼을 때의 고요
그것은 두려움을 잉태
잊으려 잊으려
방금 꿈에 나타난 누군가를 잊으려
애써 절망을 색칠하곤
그걸 원고지에 담는다

그것도 잠시
몇 줄 끄적이다 또 막히는 머리

어느 새벽녘
천둥을 동반한 장대 빗소리
원고지 한 줄 못채우는
날 비웃는 것 같아

또 이층집을 짓는 꽁초
또 두터워지는 두려움
그리고 그리고 그리고 그리고
그러다 전신에 휘몰아치는 자학

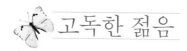# 고독한 젊음

독산동 남문시장 앞
그 곳에서 골목을 이리저리 돌아 백다섯 발자국을 걸으면
내 자취방
사과 궤짝 두 개 정도의 허름한 문
안으로 들어서면
책상 하나
커피포트 하나
숟가락 두 개

퀘퀘한 냄새가 진동하고
온기가 없는 방안은
창문을 열어도 바람이 없고
커튼을 젖혀도 햇빛이 없다네

그래도 행복했어
스무 뼘 정도의 누울 공간이 있고

팔을 베개 삼아 휘파람을 불어도 뭐라 할 사람 없네

구로구 독산동 내 자취방
코끼리 저금통이 배고프다고 울부짖고
키 작은 지구본이 먼지를 닦아달라고 아우성이지만
그래도 행복하다네

벽엔 늘 올리비아 핫세의 평온한 미소가 있기에

내동생

전라북도 진안
내 고향
둥근나무 돌아
성황당 바로 위
산마루 중턱에 묻힌 내동생
절도골 그늘가 초라한 무덤
어머니는 꿈에 보인다고 말하신다

언제였던가
풀어헤친 머리카락을 씹으며 오열하는 어머니
방안으로 성큼 들어선
외할아버지는
떨리는 손으로
시렁 위의 하얀천을 꺼내
그 애를 칭칭 감았다
가마니에 담았다

서러움의 눈물을 뒤로 한 채
지게 짊어진 할아버지는
업힌 가마니를 몇 번씩이나 쳐다보며
산마루 중턱에 올라
눈물과 함께 그 애를 항아리로 묻었다

싸리문 앞까지 따라나선 코흘리개는
검정고무신을 꽉 쥐고는
뽕나무 그늘의 무서운 매미소리에
울음을 터뜨렸다

세월이 흘러
산마루 중턱엔 풀이 무성하고
흔적도 없어진 동생 무덤가엔
적막만 흐르지만
그래도

어머니는 말하신다
그 애가 꿈에 보인다고

송양용©

옛 기억

라면땅을 몰래 주머니에 넣고
강촌 마을회관 너머 소나무 동산에 올랐어
뭉게구름 조각구름 토끼구름 양털구름 새털구름
하늘은 그냥 좋았어

온종일
들이며 산이며 냇가며
바깥으로 싸돌아 다니다가
배고픔에 지쳐
어슴프레한 저녁에 집에 들어가면
꽁보리밥에 상추쌈이 소복하고
손 씻고 들어오라는 엄니의
고달픈 목소리에
하루를 보낸 내 어린 날

싸리문 옆 외양간엔 송아지

그 옆엔 돼지우리
마당엔 사나운 닭
툇마루 아래엔 개가 있고
마을 전체 울려퍼지는
이장님댁 염소 소리가
강촌의 밤을 몰고오던
내 어린 날

밤 늦게 술 취해 오신 아버지는
농삿일에 역정 났는지
화투에서 돈을 잃어 화가 났는지
아니면 모진 세상 일에 한이 맺혔는지
창호지 바른 문짝을 다 때려 부수고
오열하는 어머니 옆에서
땅바닥을 치며 통곡하는 할머니
선잠 깬 난

무서워 너무 무서워
누이 품에 얼굴을 묻곤 했지

뒷문을 열면 대추나무 그림자는
유령이 되었다가
도깨비도 되고
절도골 항아리 무덤의 어린 혼들의 비명에
놀라
그래도 졸려
또 잠을 청하던 시절

날이 밝아
문지방을 고치는 아버지 등 뒤를
쏜살같이 달려
소나무 동산에 오르던
그날이 그리워

매미 자장가

맴맴맴 매~매~에~에~앰

워메, 징글징글 하당께
고만 좀 울어야제
우리 손주 더 자게
고만 울어랑께

그 옛날 강촌 시절
할머니의 자장가
뭐가 서러운지
꼭두새벽부터 울어젖히는 매미
할머니는 손주 더 자라고
휘이 휘이 손을 내저으며
매미를 쫓으며 혼잣말을 해대신다
고만 울어랑께

뽕나무 떡갈나무 참나무 모과나무

다닥다닥 붙어 있는 매미

그려 니들도 실컷 울어야제

땅 속에서 그리 오래 있었으니 얼마나 서러울겨

그래도 매미야

우리 아그 잘 자게

그만 울랑께

고놈 참

매미

허벌나게 많네

그리운

할머니의 매미 자장가

누에

사각사각
스륵스륵
시렁 위 누에가 뽕잎을 갉아 먹는다
내 꿈속에서도
사각사각
스륵스륵
누에가 뽕잎에 말을 건넨다

잠결인가
아니면 한바탕 꿈 속인가
소리가 정겹다

옆에선 누나가 가볍게 코 고는 소리

하루종일
온가족이

뽕잎을 땄다

누에야 어서어서 크렴
어서 커서 하얀 똥을 싸렴
비단 만들어 우리 부자 되게 해주렴

사각사각
스륵스륵
소리가 커질수록
정겹다

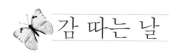# 감 따는 날

어흠~

동 트기 전 아버지의 기침소리

냉큼 일어나라는 재촉

머뭇거리다간

분명 불호령 떨어진다

눈곱을 비비며 겨우 일어난다

오늘은 감 따는 날

날은 미리 다짐해 놨었다

동네 장정 하나 앞세워

손을 호호 불며

비탈길을 따라 오른다

11월 말 두메산골 새벽은 몹시 춥다

해뜨면 파장이여

부리나케 따고 오잔께

감나무 얼었다

감은 아예 꽁꽁 얼었다

장정이 감나무 아래 자리 잡는다

대나무 장대로 높이 솟은 감나무 가지를 때려댄다

딱딱 퍽퍽 쾅쾅

딱딱 퍽퍽 쾅쾅

탱탱한 감이 하나둘 떨어진다

금세 우박처럼 땅으로 수없이 쏟아진다

데굴데굴

데굴데굴

빨리 주워 담아라

아버지 맘도 바쁘다

어이 어이, 그만 됐다

까치밥은 넉넉히 남겨두거라이

낑낑 대며 비탈길을 내려온다
그 사이 동이 텄다

마루 밑에 감 서너 푸대 쟁여놓는다
동장군님 오실 때
우리 손주 따뜻한 아랫목서 홍시 감 먹을 수 있는거
할머니가 좋아하신다

 제비

며칠 전
제비 한 마리 왔다갔다 하더니
처마 밑에 집을 짓는다

지푸라기
진흙
나르고 또 나르고

야야, 오월 제비는 손님인겨
괜히 꺼덕대지 말아라

막대기로 제비집을 헤치려니
아버지가 야단치신다

그려
그려

우리집 손님이여

내년에도
내후년에도
우리집 살게 그냥 놔두는겨
제비 오면 좋은겨

어머니도 거든다

# 어머니의 한숨

어릴 적
부엉새 울음소리에 잠이 깨곤 했지
마을회관에 살던 시절
아버지는 항상 술에 취하셨고
사랑채엔 늘 장정들로 들끓었어
막걸리 한 사발 쭉 들이키며
장죽 문 노인네들에
둘러싸여
화투판을 벌이곤 했지

누구네 논마지기가 금세 누구네 손으로 넘어가고
울고불고 매달리는 아낙네들
그래도 그들 손엔 언제나 화투가 있어

술취한 우리 아버지도
노름판에 빠지지 않았지

어린애는 어린애야
재수 좋은 날이면 맛난 걸 사주는
아버지 주머니가 좋아서
널찍한 등 뒤를 기웃거리곤 했지

애들은 오면 못써요
마음씨 좋은 동네 아저씨는
푼돈을 쥐어주곤 했지
그 재미로 난 들락거렸어

화투판 구경에 싫증이 나면
뒷동산에 올라
저푸른 초원 위에 그림같은 집을 짓고
노래를 불러댔지

사촌형 등에 업혀 동산을 내려오는

어슴프레한 저녁에도
사랑채엔 여전히 술취한 동네 어른들이 있어

그런 날이면
밤새 한숨짓는 어머니 품속에 누워
부엉새 소리를 듣곤 했지

송양용©

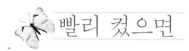
빨리 컸으면

다섯살 때였어
누나 손 잡고 따라가곤 하던 국민학교
쑥 냄새가 물씬 풍기는 누나
그 옆에서 나란히 걸으면
도깨비 나온다는
돌쌓인 무덤터도 무섭지 않았어

울퉁불퉁 자갈길을 뛰고 또 뛰고
다리는 아팠지만
부는 휘파람 만큼이나 들뜬 마음은
탱자나무 울타리의 운동장이 보일 때쯤이면
날아갈 듯 했지

종이 울리고
놀던 아이들이 교실로 뛰어 들어가면
넓은 운동장은 문득, 고요

텅 빈 교정이 좋아
내 세상이야
탱자나무 울타리 개구멍 드나들며
미끄럼 타고
철봉에 매달려 거꾸로 된 하늘을 보았지

그렇게 오전 내내 운동장에서 놀다
지칠 때 쯤이면
쑥내 나는 누이 등에 업혀 집으로 향했지

쏟아지는 졸음
어서 빨리 컸으면

 우물

내가 살던 마을은
대추나무 위 매미소리 들끓던 두메산골

성황당 위 산기슭
어린 넋의 절도골이 있고
강촌 냇가 위로 논두렁 밭두렁이 있는
한적한 산골

마을회관 앞
어느 때였던가
동네 애들과 술래잡기 하면서
마당 깊은 우물에 빠졌지

머리부터 쑥 들어갔어
허우적거렸어
새카만 바닥

미끌미끌한 돌
이끼
그 공포

죽겠다 싶은 순간
며칠 전 외할머니가 두레박 끈을 만들어 놓은 것을
떠올렸어

있는 손 없는 손
휘젓자
그제야 잡히는 두레박 끈
그 줄을 타고 올라왔어

물에 빠진 생쥐꼴
나를 잡고
오열하는 어머니

우물가 옆 어디선가
매미의 처절한 울음소리가 들렸어
며칠동안 꿈을 꾸었어
매미한테 쫓기는 꿈

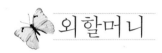
외할머니

아이쿠, 내 새끼야
반색하며 보듬어 주시던 외할머니
가끔씩 낙으로 자식들을 들르시는 분
이모들은 수금원 오셨다고 웃음 짓지만
주름진
그러나 단아한
외할머니 얼굴이 그리워

코흘리개 적
마을회관 앞 우물가에 빠져
허우적거리면서도
며칠 전 외할머니가 위험하다고 매놓으신
두레박을 떠올렸어
그 줄을 타고 땅으로 올라왔어

매미가 잡고 싶어

대추나무 가지 끝에 매달린 매미를 봤어
가지 끝까지 오르자
가지는 부러지고
매미는 하늘로 오르고
난 땅으로 떨어지고
팔이 부러지고
한 달간
외할머니는 매일 라면땅을 사주셨어

그런 외할머니
그때보다 훨씬 늙으신
외할머니가 오실 때마다
옛날은 다시 오고
이모들은 정답게 다시 모이고
수금원이 오셨다고 활짝들 웃는다